Colección **libros para soñar**®

© del texto: A.R. Almodóvar, 2004
© de las ilustraciones: Marc Taeger, 2004
© de esta edición:
Kalandraka Ediciones Andalucía, 2013
Avión Cuatro Vientos, 7. 41013 Sevilla
Telefax: 954 095 558
andalucia@kalandraka.com
www.kalandraka.com

Diseño: equipo gráfico de Kalandraka y Marc Taeger

Impreso en Gráficas Anduriña, Poio
Primera edición: noviembre, 2004
Tercera edición: febrero, 2013
ISBN: 978-84-933755-9-1
DL: SE 4236-04

A.R. Almodóvar
**A mi nieto Marcos, que pertenece a la primera generación de la verdadera historia de Caperucita. Y a los otros tres que vinieron después: Antonio, Adriana y Marta.**

Marc Taeger
**Para Neo, Frank, Yanik, Bhavna, Miquel y Arnau.**

Esta versión de Caperucita se basa en textos recogidos de la tradición oral francesa y estudiados por el gran folclorista **Paul Delarue**. También tiene en cuenta las discusiones teóricas de otros estudiosos, como antropólogos, semiólogos y psicoanalistas, principalmente **Bruno Bettelheim** y **Erich Fromm**, acerca de las distintas adaptaciones posteriores del cuento.

Antonio Rodríguez Almodóvar      Marc Taeger

# LA VERDADERA HISTORIA DE
# CAPERUCITA

kalandraka

Había una vez una niña muy guapa
que vivía en un pueblecito, cerca de un bosque.

La llamaban Caperucita, o Caperucita Roja,
porque su abuela, que vivía en otro pueblo de por allí,
le había regalado una capa de ese color,
con una capucha para el frío.

A la niña le gustaba tanto aquella prenda
que a todas horas se la quería poner.
Pero su madre le había dicho
que era solo para salir de casa,
lo cual no ocurría muy a menudo.

Casi todo el tiempo Caperucita se lo pasaba aprendiendo a coser,
venga a coser. Pero como esto no le gustaba nada,
en vez de meter la aguja por la tela, prefería poner alfileres.
Así acababa antes.

Un día, su mamá, que tenía la buena costumbre
de hacer toda clase de tortitas, magdalenas
y otros dulces en el horno de casa,
sacó unos bollos de leche que desprendían un olor riquísimo.

En cuanto Caperucita los olió,
soltó la costura y se plantó corriendo en la cocina:

–¿Puedo comerme uno, mamá?

–No, hija, que están muy calientes

y te harían daño en la tripita.

Mejor, ve a casa de la abuela,

que anda un poco maluscona,

y le llevas unos cuantos.

Cuando llegues, seguro que ya se habrán enfriado.

Ah, y llévale también una botella de leche.

La niña se puso muy contenta y fue inmediatamente
a colocarse su capa y su caperuza roja.
Agarró el canasto y ya salía por la puerta,
cuando su mamá le dijo:

>   –Caperucita, no te entretengas
>   y ve derecha a casa de la abuela.
>   Cuando llegues, dale los buenos días
>   y no te pongas a curiosear por todas partes,
>   que sabes que eso no le gusta.
>   –Descuida, mamá –dijo Caperucita.

Y se fue dando saltos, con su cestito, su capa roja,
y su caperuza roja muy bien atada por debajo de la barbilla.

Para llegar a casa de la abuela
había que cruzar el bosque.
La niña entró por un camino,
pero cuando llevaba un rato andando,
se tropezó con el compadre lobo.

A este le entraron unas ganas tremendas
de comerse a Caperucita allí mismo.

Pero aquel viejo tunante tenía un plan
mucho mejor.

–Caperucita, ¿adónde vas tan guapa?

–A casa de mi abuelita,
que está maluscona.

–Ah, muy bien –dijo el lobo–.
¿Y dónde vive tu abuelita?

–Pues...

–Espera que lo adivine –el lobo hizo como que pensaba–.
¡Ya lo tengo! En la última casa del pueblo
que hay a la salida del bosque.

–¡No, no, en la primera! Al lado de la fuente –dijo la niña,
que sin darse cuenta acababa de darle al lobo
la información que necesitaba.

–¡Caramba! Siendo así, llegarás enseguida.
Y dime, ¿qué camino piensas tomar?
¿El de las agujas o el de los alfileres?

Caperucita se echó a reír y contestó como un rayo:
–¡El de los alfileres!

–Haces muy bien, hijita.
Es el más corto y sale al mismo sitio.
Tienes tiempo de sobra.

–Por cierto, ¿no te has fijado en qué día tan hermoso hace?

¿Has oído cómo cantan el herrerillo, el mirlo y el pinzón?

¿No te gustaría corretear un poco por el bosque entre las violetas,

las campanillas y los narcisos amarillos?

Huele, huele...

El lobo llenó sus pulmones,

aspirando por aquel hocico tan negro que tenía.

Y Caperucita se puso a respirar también dilatando su naricilla.

Y era cierto que todo olía maravillosamente

y que el trino de los pájaros resonaba en el prado multicolor.

–¿Te das cuenta, muchacha?

Incluso podías llevarle un ramillete de flores a tu pobre abuelita.

¡Y no te costarían ni un céntimo!

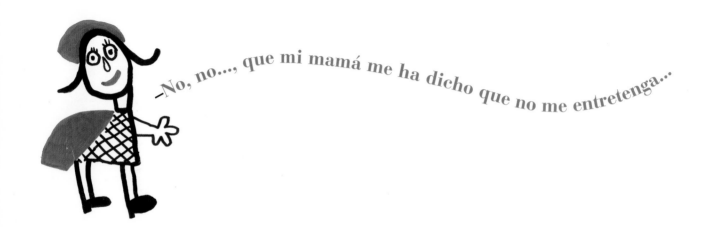

–No, no..., que mi mamá me ha dicho que no me entretenga...

–Si solo será un momento, mujer.
Seguro que a tu abuela le encantará ese detalle.

Caperucita, después de pensarlo un poco,
soltó el canasto y se puso a dar brincos por allí.
No sabía que el lobo acababa de engañarla,
indicándole el camino de las agujas,
o sea, el más largo.

Y entre eso, y lo que ella se entretuvo
cortando las delicadas violetas
y dando saltos de un lado a otro,
se le hizo muy tarde.

Fue el tiempo que necesitó el lobo para
llegar a casa de la abuela,
por el camino de los alfileres.

Llamó a la puerta, ¡pam, pam!
    –¿Quién es?
–preguntó la abuela desde la cama.

El lobo puso voz de niña, y dijo:
    –Soy yo, abuela, tu nietecita.

    –¡Uy, qué voz más rara tienes!

    –Es que estoy un poco
    acatarrada –dijo el lobo.

    –Está bien, hija. Tira de la
    cuerda y levanta la tarabilla,
    que no está cerrado.

El lobo así lo hizo y entró en la casa.

Primero le pegó una patada al gato, que andaba por allí.

Luego, de un salto, alcanzó la cama y en un momento,

# ¡ñam, ñam!,

se comió a la pobre mujer.

Después echó las cortinas,

avivó el fuego y se metió en la cama

con el camisón y la cofia de la abuela.

Como la cofia tenía muchos encajes,

apenas se le veía la cara con aquella narizota

y aquellos colmillos tan grandes.

Al poco llegó Caperucita, con su canastito,

su capa roja y sus flores recién cortadas.

**¡Pam, pam!**, llamó.

–¿Quién es? –preguntó el lobo,
fingiendo la voz de la abuela.

–Soy yo, Caperucita,
que te traigo unos bollos,
una botella de leche,
¡y un ramito de flores silvestres!
–Está bien, hijita.
Tira tú misma de la cuerda
y levanta la tarabilla.

Caperucita así lo hizo y entró.
Muy despacio, porque apenas se veía nada.

–¡Qué oscuro está esto, abuelita!
–Más oscuro está el corazón del lobo
–dijo el gato, detrás de las cortinas.
Pero Caperucita no lo oyó bien y le pareció
que era algo que había dicho la abuela.

–¿Qué dices, abuelita?

–Nada, nada, son mis tripas.

–¿Tienes hambre?

Entonces dijo el gato:

–No te fíes, Caperucita, y lárgate con la cestita.

–¿Qué dices, abuelita?

–¡Nada, nada, son mis tripas!

–Te he traído los bollos de leche que hace mi mamá...

–La verdad es que me apetecería más un poco de carne.
¿A ti no?

Y el gato decía:

–¡Que es el lobo, Caperucita, que es el lobo!

–¿Qué dices, abuelita?

–Nada, hija, que me suenan las tripitas.

–¡Corre, Caperucita, corre! –gritó el gato,
saliendo de un salto de su escondrijo.
Pero Caperucita se asustó y, no sabiendo dónde esconderse,
se metió en la cama, gritando:

–¡Ay, abuelita!

–Ven aquí, hija. ¡No tengas miedo! –dijo el lobo, abrazándola.

Caperucita notó que tenía muchos pelos y le dijo:

–Abuelita, abuelita, ¡qué velluda eres!

–Es para calentarte mejor

–dijo el lobo, abrazándola más.

Luego empezó a desatarle la cinta de la caperuza.

–Abuelita, ¿qué me haces?

–Te quito la caperucita.

No querrás dormir con ella, ¿verdad?

–Sí, no, bueno... ¿Dónde la pongo?

–A los pies de la cama.

Caperucita se levantó. Luego dijo:

    –¿Y dónde pongo el corsé?

    –Échalo al fuego, que ya está viejo.

    –¿Y dónde pongo el vestido?

    –Échalo al fuego, que está deslucido.

A Caperucita le extrañaron mucho aquellas respuestas
y empezó a caminar por la habitación,
buscando dónde dejar la ropa, en vez de tirarla al fuego.

Más le extrañó todavía
que su abuela no protestara,
como siempre que ella
se ponía a curiosear por allí.
Entonces empezó a sospechar.
Y el gato maulló más fuerte:

–¡Tonta, Caperucita!

¿No te das cuenta de que esa no es tu abuelita?

Pero Caperucita solo vio los ojos del gato en la oscuridad.

Se asustó de nuevo y volvió a la cama. Allí el lobo la abrazó otra vez.

Y Caperucita dijo:

–Abuelita, ¡qué uñas tan grandes tienes!

–Es para rascarme mejor.

–Abuelita, abuelita, ¡qué hombros tan anchos tienes!

–Es para llevar mi haz de leña mejor.

–Abuelita, abuelita, ¡qué nariz más grande tienes!

–Es para aspirar mi tabaco mejor.

Y cuando Caperucita ya se fijó en la bocaza del lobo, dijo:

–Abuelita, abuelita, ¡que me estoy haciendo caca!

–Ay, hija, ¡qué ocurrencia tienes! ¿Ahora?

–¡Sí, ahora! ¡No me puedo aguantar!

–Está bien, sal un momento fuera, pero no tardes, que hace mucho frío y andan por ahí los lobos.

–Que me lo digan a mí –dijo Caperucita, pero en voz muy baja.

–Por si acaso, te amarraré una cuerdecita,
y si sientes algún peligro,
tira de ella para que yo acuda enseguida.

Así que el lobo le amarró a Caperucita una cuerda por la muñeca.
En realidad era para que no se escapara.
Caperucita recogió el corsé y el vestido,
pues fue lo único que encontró en la oscuridad,
salió y se puso debajo de una higuera,
como la que tiene que hacer... *eso*.
Pero lo que hizo fue morder la cuerda, venga a morder.

Mientras tanto, el lobo, desde dentro, decía:
    –¿Te pasa algo, Caperucita?
    –No, abuela, es la tripita,
    que está muy durita.

Y al cabo de un rato, como tardaba tanto:
    –Hija, Caperucita, ¿has acabado?

Pero ya la niña había conseguido romper la cuerda
y había salido corriendo.

Cuando el lobo se dio cuenta,
salió corriendo también detrás de ella.
Claro que Caperucita le llevaba un buen trecho,
porque además ya se había dado cuenta
de cuál era el camino más corto.

Corriendo corriendo llegó a su casa
y al lobo lo dejó con tres palmos de narices.

    −¡Pero hija! ¿De dónde vienes tan sofocada? −preguntó la madre−.
    ¿Y tu caperuza roja, con lo linda que era?

Entonces la niña contestó:
    −A los pies de la cama la dejé,
    ¡y no vuelvo a por ella
    aunque de frío me muera!

Y colorín, colorado,
este verdadero cuento se ha acabado.